ATHÓ MHÓ,

les mérites du mensonge.

Recueil de contes et legends d'Afrique

Akina Djê KOUASSI

Copyright © 2021 Akina Djê KOUASSI

Tous droits réservés.

ISBN: 9798702018041

DÉDICACE

Je dédicace ce livre à **_Anangaman Gnamien Kpli_**, qui guide nuits et jours mes pas sur les sentiers longs et pénibles de la perfection

A mon petit frère Oka Ahoumouan Yves Wilfried

REMERCIEMENTS

Je voudras à travers ces lignes, remercier très sincèrement mes père et mère. (Pas biologiques, mais à travers eux j'ai pu comprendre que les liens de parentés ne sont pas que consanguins); KONATE Moussa Balla et son adorable épouse, Gooré Lou Nahet Brigitte,

A toute leur famille devenue la mienne: Karim Papi, Pekine, Salomon Samou, Issa et la princesse Aïcha Emeraude.

A mon ami et frère, Me Doya Danh,

A ma complice de la fac de droit, KONE Gnenaty Kenifin Rosenthale.

1. LE PRIX DE L'INGRATITUDE

Djo'mlo abo n'galiè Djo'mlo abo n'galiè		Djo'mlo abo n'galiè Djo'mlo abo n'galiè
	Djo'mlo abo n'galiè	
Djo'mlo abo n'galiè	Tchimanglo eh blafami oh	Djo'mlo abo n'galiè
	Mi djanvouê eh blalemi oh	
Djo'mlo abo n'galiè		Djo'mlo abo n'galiè
	Tchimanglo eh blafami oh	
Djo'mlo abo n'galiè		Djo'mlo abo n'galiè

Djo'mlo abo n'galiè: Le balafon fait la dépêche.
Tchimanglo eh blafami oh: Épervier, viens me prendre.
Mi djanvouê blalemi oh: Mon ami, viens à mon secours.

ATHÓ MHÓ, les mérites du mensonge.

Cette année-là, la sécheresse s'était imposée au climat sans faire de concession à la moindre averse. Et le dégât qu'elle devait créer ne s'était pas du tout fait attendre: plantations asséchées, rivières assoiffées, populations déshydratées.
Ce climat acerbe ne laissait quasiment plus rien en état. Tout était sens dessus dessous à N'gwadiklô, village de conteurs.
Cependant, c'est en cette année que Gnamien-Kpli, Père Suprême des humains, des animaux et des insectes initia un grand concours auquel toutes ses créatures avaient le droit de participer. En effet, le concours de Gnamien-Kpli consistait à défier les flammes d'un grand feu de brousse en cette époque de sécheresse sans précèdent.
Après avoir sarclé une très grande parcelle d'herbes sèches entassées et formant un cercle, le candidat au concours devrait s'asseoir au centre dudit cercle auquel on allait mettre le feu.
Le vainqueur serait donc ce candidat ayant réussi à sortir indemne des flammes de feu, après que toutes les herbes sèches aient été calcinées. Pour la récompense du gagnant, Gnamien-Kpli promit d'offrir le plus grassouillet des taureaux de son ranch.
Ainsi donc, depuis cette annonce, le secrétariat de Gnamien-Kpli tenu par la jeune donzelle la fourmi, ne désemplissait pas de jour comme de nuit pour enregistrer les candidatures. Mais, à peine s'étaient-ils inscrits que les candidats renonçaient aussitôt. Le motif de telles renonciations était toujours le même: « *Que deviendraient mes enfants si jamais je laissais ma vie dans cette stupide compétition. De plus, quand je pense que mon malheureux corps ne serait pas encore mis en terre, qu'un voyou viendra se la couler douce avec ma veuve. Jamais de la vie je ne pourrais accepter tel affront* ». Pour ce motif, tous y renonçaient, excepté Akêdêgna l'araignée, fils d'Akêdê son père et de Mo Assiè sa mère.
Si Akêdêgna l'araignée était le plus grand, vaillant et imbattable des êtres créés par Gnamien-Kpli, devant le buffle, l'éléphant et le rhinocéros, ses atouts étaient loin de justifier son audace à aller concourir contre les flammes de ce sauvage feu de brousse.
Habile roublard, Akêdêgna l'araignée avait en effet un agenda caché qu'il comptait déployer pour ruser avec Gnamien-Kpli le moment venu.
A la veille du concours, Akêdêgna l'araignée alla consulter son ami intime, Tchimanglo l'épervier. A deux, ils élaborèrent un plan de duperie pour qu'Akêdêgna l'araignée sorte des flammes sans la moindre égratignure à l'issue de l'épreuve du grand feu. Dans leur pacte, ces deux inséparables, amis depuis le berceau, avaient juré de faire un partage égal du taureau dès qu'il serait en leur possession.
Et le jour tant attendu arriva. Akôgniman le coq, muezzin de la basse-cour n'avait pas encore rendu l'ode à l'aurore, le jour n'avait pas encore pointé le

ATHÓ MHÓ, les mérites du mensonge.

nez que la place où allait se tenir la compétition était prise d'assaut. L'espace fourmillait de monde. Les curieux, les dignitaires, ceux qui s'inquiétaient pour Akêdêgna, tous étaient là, pour ne pas se faire conter un traitre mot de ce grand jour.

Le jury, présidé par Gnamien-Kpli, avait été installé dans les hautes sphères. Les agents de santé et de sécurité avaient quant à eux, installé leurs dispositifs. Le groupe d'animation s'attelait à amuser le public impatient. Les arbitres déjà en jambes attendaient tous la sortie des vestiaires d'Akêdêgna l'araignée. En fait, en préparation de ce grand jour, Akêdêgna l'araignée s'était fait coacher par sa femme.

Quand le soleil atteignit le zénith, Gnamien-Kpli, en sa qualité de président du jury, ordonna que le concours commence. Et Akêdêgna l'araignée sortit des vestiaires sous les ovations de l'assistance. Son corps était rempli d'amulettes de protection, sensées le protéger des flammes virevoltantes. Le tout imbibé de kaolin. Sous ses aisselles, Akêdêgna l'araignée tenait un Djo'mlo le balafon mystique, accompagnateur des guerriers ancestraux depuis les temps immémoriaux.

Après avoir salué le jury et le public qui lui faisait des vivats d'honneurs, notre ami Akêdêgna l'araignée alla prendre place dans l'arène qui elle aussi, semblait s'impatienter de le recevoir. Sous l'ordre de Gnamien-Kpli, le Calao, expert huissier à la cour royale sonna le gong pour annoncer aux arbitres qu'ils pouvaient mettre le feu aux pailles. Ce qui fut fait aussitôt.

Comme les herbes avaient été particulièrement desséchées par les rayons ardents du soleil de la mi-journée, le feu courait une vitesse démesurée et inquiétante, pour rejoindre le pôle central. Pendant ce temps, l'incinère dégageait des fumées épaisses qui montaient au ciel à se confondre aux nuages. Elles volaient à la vitesse et au rythme des flammes dans un élan apocalyptique.

Aussitôt, un silence de cimetière prit la place du brouhaha occasionné par les chants et applaudissements du public. On n'entendait désormais que le ronronnement des flammes de feu agitées par le violent vent.

Passé au regret d'avoir exposé ainsi Akêdêgna l'araignée au danger, Gnamien-Kpli ne pouvait plus se contenir sur son siège. Il multipliait ses levées et ses assises. Une main posée sur le bas-ventre, il se mordait les lèvres quand il se tenait la tête avec l'autre main.

Pendant ce temps, isolé dans l'arène, Akêdêgna l'araignée avait bonne mine. Impatient d'ailleurs d'attendre que les flammes s'approchent davantage vers le centre où il était assis à jouer son Djo'mlo balafon.

Djo'mlo abo n'galiè	Djo'mlo abo n'galiè
Djo'mlo abo n'galiè	Djo'mlo abo n'galiè

ATHÓ MHÓ, les mérites du mensonge.

                        Djo'mlo abo n'galiè

                    Tchimanglo eh blafami oh

Djo'mlo abo n'galiè   Djo'mlo abo n'galiè

                    Mi djanvouê eh blalemi oh

Djo'mlo abo n'galiè   Djo'mlo abo n'galiè

                    Tchimanglo eh blafami oh

Djo'mlo abo n'galiè   Djo'mlo abo n'galiè

    Après cette mélodieuse musique produite par les frappes d'Akêdêgna l'araignée sur son Djo'mlo balafon, son ami Tchimanglo l'épervier survola entre les nuages pour lui signaler sa présence. Ce qui rassurait et réconfortait Akêdêgna l'araignée, tandis que Gnamien-Kpli craignait pour son sort.
    La femme Akêdêgna était devenue inconsolable et se lamentait à tout bout de champ. Elle était tenue de mains fermes par ses compagnes du marigot, lesquelles tentaient vainement de la consoler. Dame Akêdêgna pleurait quasiment toutes les larmes de son corps en voyant le déluge de feu migrer progressivement vers son mari, son poulain à l'occasion de cette compétition qui défie toute stupidité.
    Et de plus en plus, le feu continuait son ballet macabre, calcinant sans ambages sur son passage tout ce qu'il rencontrait. On aurait dit que ce feu enragé était déterminé à régler son compte pour de bon à l'insolent Akêdêgna l'araignée, certes champion mondial de lutte, mais pas champion de l'imprudence qui osait le défier sur son propre aire de jeu.
    Au fur et à mesure que le feu avançait pour s'assembler au centre du ring, Akêdêgna l'araignée, d'un air joyeux, jouait de plus fort son Djo'mlo balafon.
    Lorsque les flammes de feu étaient sur le point de ravager entièrement le centre du cercle d'incendie pour mettre fin à leurs acrobaties, Tchimanglo l'épervier vint aussitôt soulever d'un coup distinctif son ami Akêdêgna l'araignée qu'il tenait fortement entre les crochets de ses épaisses pattes.
    Dans les firmaments de fumées que dégageait le feu, il parvint à extirper son ami des assauts des flammes et le posa promptement hors du cercle de feu sans que nul, ni même Gnamien-Kpli, ne s'en aperçoive. Sacré Akêdêgna l'araignée, fils d'Akêdê son père et de Mo Assiè sa mère!
    Après cet exploit, s'il fallait vraiment le nommer ainsi, notre ami Akêdêgna l'araignée était ovationné, soulevé de terre et brandi d'une manière

ATHÓ MHÓ, les mérites du mensonge.

ostentatoire comme on le ferait d'un trophée de guerre remporté de haute lutte. En digne farceur, avec son Djo'mlo balafon flanqué sous son aisselle et sous forte escorte, Akêdêgna l'araignée se dirigea la tête haute vers le jury de Gnamien-Kpli. On lui remit séance tenante un trophée en plus du taureau promis.

Honte à celui qui ne fait pas mieux que son père, dit l'adage malgache dont notre ami Akêdêgna l'araignée ne comptait pas se soustraire. Surtout, pas à cette occasion en or qui venait de s'offrir à lui.

On le savait tous, Akêdêgna l'araignée a hérité de son défunt père N'gna-Akêdê, lui-même l'ayant aussi hérité de son défunt père, l'art de la roublardise et du narcissisme. Point n'est question pour lui de partager le taureau avec qui que ce soit. *« D'ailleurs, n'est-ce pas moi qui périrais dans le feu, n'eut été l'insignifiante aide de Tchimanglo l'épervier? Qu'a-t-il fait de si extraordinaire pour avoir part à ma récompense? Aucune part pour lui, ni même les excréments de ce taureau ».* Tel fut l'arrêt sans appel d'Akêdêgna l'araignée, au mépris de la promesse faite à son complice Tchimanglo l'épervier. Et depuis lors, les amitiés entre les deux compères prit un coup de ralenti.

L'année qui suivit, Gnamien-Kpli organisa le même concours avec les mêmes conditions.

Repu aux techniques de la fourberie, sans vergogne, Akêdêgna l'araignée alla rencontrer son ami Tchimanglo l'épervier, tôt le matin avant que Akôgniman, le muézin de la basse-cour n'annonce le jour.

-Salut et paix intarissable à cette demeure qui n'a jamais chômé d'amour pour autrui! Lança Akêdêgna l'araignée depuis le seuil de la demeure de son ami, avant qu'on ne lui ordonne d'entrer.

-Sois salué, cher ami et frère! Répondit Tchimanglo l'épervier à son hôte. Que me vaut l'honneur de cette visite inopinée?

- J'irai tout droit au but, mon frère, sans passer par quatre chemins, comme me recommande la franchise qui m'a toujours guidée. C'est imbu de honte et de remords que je me présente à toi ce matin, cher frère.

-J'ai toujours été ton confident sans qu'une lueur de honte ne t'affecte. Vas-y, cher frère; libère-toi de la honte et dis-moi ce qui t'absorbe.

-Je suis venu ce matin faire la paix avec toi, cher ami. J'ai déshonoré notre amitié par ma maladresse. Vois-tu, l'année dernière où nous avons remporté le concours de Gnamien-Kpli grâce à ton ingéniosité et à ta bravoure, on avait au préalable, tous deux, convenu que le taureau serait partagé en deux parties égales pour chacun. Mais, figure-toi cher ami, qu'après que j'ai fini le partage, on m'appelle d'urgence à Assièklô, le village de ma mère pour m'annoncer le décès de ma grand-mère maternelle. Je devais immédiatement m'y rendre pour les obsèques, en ma qualité d'aîné de ses petits-enfants. Malgré les consignes que j'ai laissées à ma gourmande de femme, je te jure qu'elle a bouffé complètement toute la viande du taureau, y compris la tienne. Voici comment est-ce que tu n'as pu avoir ta part. Pour ce fait, je viens tôt ce matin implorer ton pardon.

Un mensonge mal ficelé. C'est le moindre qu'on puisse retenir de la plaidoirie d'Akêdêgna l'araignée. Ce qu'il avait sûrement oublié, c'est que dans ce même village d'Assièklô, il s'y était rendu il y a dix ans avec son ami Tchimanglo l'épervier pour les mêmes obsèques de sa même grand-mère maternelle. Peu importe. Si lui Akêdêgna l'araignée l'aurait déjà oublié, ce n'était pas le cas pour son ami Tchimanglo l'épervier qui s'en souvenait encore comme si c'était hier.

-Ohhh, quelle tristesse! Yako mon ami. Répliqua Tchimanglo l'épervier après la tirade de son ami Akêdêgna l'araignée. Tu m'aurais informé que je serais parti t'accompagner dans ces moments si difficiles. Yako encore mon frère.

-Merci de me comprendre mon ami. Sinon, j'avais tellement honte que... Il n'eut pas le loisir d'achever sa phrase qu'il fut interrompu par son ami.

-Non, arrête de te méprendre mon ami. Quelle honte y-a-t-il à cela? Nos femmes ont toujours été ce qu'elles sont. D'ailleurs, tu n'es pas sans ignorer que notre amitié ne date pas de cette incidence. Mon grand-père fut l'ami à ton grand-père. Après leur mort, ils ont été ensevelis dans le même sépulcre au nom de leur amitié qu'ils ont légué à leurs fils que sont notamment ton père et le mien. Eux à leur tour nous l'ont légué. C'est ainsi qu'après notre mort que je ne souhaite pas de sitôt, comme un héritage sacré, nous allons transmettre cette amitié à nos enfants. Ce n'est pas une affaire de viande de taureau qui va donc mettre en mal cette amitié, au point de te confondre en excuse ce matin.

-Merci, en tout cas, mille et une fois encore merci pour ta compréhension cher frère.

-De rien ami-frère.

-Outre ce but, je suis là pour une seconde raison.

-Vas-y frère, dis-moi tout.

Se grattant la tête, Akêdêgna l'araignée annonça avec une difficulté inouïe, son intention de vouloir encore se présenter au concours pour l'édition-ci. Il sollicita par ailleurs, l'assistance de son ami Tchimanglo l'épervier comme ce fut le cas l'année dernière. Mais de préciser que: « *Dès qu'on aura remporté le trophée, c'est toi qui va défaire le taureau et l'attacher chez toi. Et c'est ici, dans ta cour que nous allons l'immoler et partager sa viande* ».

Tchimanglo l'épervier ne fit pas d'opposition. Sans se faire prier, il accepta la proposition de son ami, le repenti Akêdêgna l'araignée.

Le même dispositif de l'année précédente était mis en place pour la seconde édition de la compétition d'où Akêdêgna l'araignée était l'unique

ATHÓ MHÓ, les mérites du mensonge.

candidat.
Le feu mis aux pailles, les flammes survolaient de plus belle dans les airs, la fumée suivait. L'animation du public cette fois, retentissait sans interruption malgré la frénésie des flammes qui s'approchaient d'Akêdêgna l'araignée. Ce dernier, serein et imperturbable jouait gaiement son Djo'mlo balafon à la rengaine.

| Djo'mlo abo n'galiè | | Djo'mlo abo n'galiè |
| Djo'mlo abo n'galiè | | Djo'mlo abo n'galiè |

Djo'mlo abo n'galiè

Tchimanglo eh blafami oh

| Djo'mlo abo n'galiè | | Djo'mlo abo n'galiè |

Mi djanvouê eh blalemi oh

| Djo'mlo abo n'galiè | | Djo'mlo abo n'galiè |

Tchimanglo eh blafami oh

| Djo'mlo abo n'galiè | | Djo'mlo abo n'galiè |

Plus tard, Tchimanglo l'épervier vint se signaler à son ami Akêdêgna l'araignée. Ce dernier redoublait d'ardeur à frapper sur les lames de son Djo'mlo balafon, pour exprimer sa joie de se faire assister par son ami malgré son ingratitude à son égard l'an dernier. « *Il y a vraiment des gens qui accordent bon sens à l'amitié* », se disait-il, avant de suggérer à son ami: « *Continue ta balade dans le ciel. Attendons un peu que les flammes soient sur le point de m'engloutir pour que tu me sauves* ». Et la saga des flammes se poursuivait.

Le feu commençait à prendre une ampleur inquiétante. En temps ordinaire en cet instant-là, Tchimanglo l'épervier se pointait en alerte dans l'étang des nuages, prêt à secourir son associé.

Mais, point de Tchimanglo l'épervier cette fois-ci. L'épreuve s'annonçait mortelle pour Akêdêgna l'araignée qui craignait que son ami qui n'a ménagé aucun effort pour lui accorder la grâce du pardon, ne lui rende la monnaie de son ingratitude.

Au moment où Akêdêgna l'araignée marmonnait ses dernières prières, il vit dans le ciel nuageux de sombres fumées, son ami Tchimanglo l'épervier qui planait entre deux coups d'ails.

Puis, au moment où il devrait extirper son acolyte entre la géhenne, Tchimanglo l'épervier s'envola très haut dans le ciel, laissant son ami à la

ATHÓ MHÓ, les mérites du mensonge.

merci des flammes.

Tout l'espace réservé à la compétition était désormais couvert de feu. Point d'Akêdêgna l'araignée comme l'année dernière.

Les secouristes, sur instruction de Gnamien-Kpli accoururent pour s'enquérir des nouvelles du compétiteur. Ils allaient trouver Akêdêgna l'araignée dans un état comateux dans une butte de cendres. Aussitôt, ils le transportèrent à Gnamien-Kpli.

En bon maître de l'impossible, GnamienKpli fit des soins immédiats et intensifs à Akêdêgna l'araignée. De justesse, il recouvrit la guérison. Mais, les séquelles du feu le rendirent amorphe, perdant ainsi son impressionnante forme de vaillant guerrier imbattable.

Depuis ce jour, la honte s'est emparée d'Akêdêgna l'araignée, le contraignant à se cacher à la vue des gens entre les lézardes des murs.

Yêlê mi n'dôswanou Atho: Tel est mon mensonge de ce soir.
Athomho: Excellent mensonge !

Moralités :
-La valeur cardinale d'un homme, c'est avant tout le respect de sa parole donnée.
-L'ingratitude est un vilain défaut qui nous rattrape tôt ou tard.

2. A MALIN, MALIN ET DEMI

À l'origine, BoliKpakouè le bouc n'était pas un animal domestique qui vivait au village avec les humains. Comme dans l'histoire de bon nombre de peuples qui ont émigré, il partit de la brousse pour se mettre à l'abri des prédateurs qui tentaient de décimer toute sa tribu. Lisez ici son histoire.

La migration de BoliKpakouè le bouc eu lieu le jour où, labourant la terre avec sa femme et ses enfants pour en faire des buttes d'ignames, celui-ci dreçut la visite de Okoumomo le pigeon.

En fait, Okoumomo le pigeon était porteur d'une lettre dont le dos de l'enveloppe était estampillé de la mention « Urgent ». Il s'agissait donc d'un télégramme. D'ailleurs, le messager n'avait pas manqué d'insister: *« C'est ton cousin Kpêma l'agouti qui m'a remis cette enveloppe pour toi. Il a insisté en disant que c'est urgent, qu'il faudrait donc la lire dès réception »*.

Ne sachant pas lire, le messager non plus, BoliKpakouè le bouc envoya illico son fils cadet pour faire appel à l'intello du village, Gnété le rat. Lui seul avait les aptitudes de déchiffrer les lettres de l'alphabet dans ce village.

Elégant dans sa blouse blanche d'infirmier, une paire de lunettes pendant sur ses orbites, Gnété le rat se rendit à la plantation d'igname de BoliKpakouè le bouc, les mains fourrées dans ses grosses poches.

-Je sais qu'à cette heure de la journée tu te reposes afin de reprendre le service la nuit dans ton infirmerie. Excuse-moi de t'interrompre dans ton repos. S'excusa en amont BoliKpakouè le bouc.

-Non, en aucune façon tu ne me déranges. N'est-ce pas que je m'ennuyais moi-même à rester enfermé dans ma grotte ?

-Cela me rassure donc. En effet, je t'ai fait appel pour m'aider à déchiffrer cette lettre qui vient du village de ma mère. C'est Okoumomo le pigeon qui vient de me la remettre et il a insisté en disant qu'il est imminent que j'en prenne connaissance dès sa réception.

-Laisse-moi voir. Fit magistralement Gnété le rat. Ah oui ! C'est vraiment urgent. C'est marqué sur l'enveloppe « Urgent ». Je crois bien que c'est un télégramme.

-Vas-y, lis-la, s'il te plaît.

-Elle a été émise par Kpême l'agouti, ton cousin.

-Oui, ça je le sais déjà. Okoumomo le pigeon me l'avait dit.

-Ah bon ! Ainsi donc, Okoumomo le pigeon l'avait déjà lu ! Répliqua Gnété, tout indigné. Pourquoi ne t'a-t-il pas dit ce dont il est question dans la lettre alors?

-Ne t'offusque pas, mon cher. Tu sais très bien qu'après dix tentatives infructueuses à passer l'étape des cours élémentaires première année, Okoumomo le pigeon a été exclu de l'école sans qu'il ne sache lire ne serait-ce que la première lettre de l'alphabet. Sûrement, il s'est dit : « Vu que c'est Kpêma l'agouti qui m'a remis la lettre, il en est l'auteur ». C'est en cela qu'il m'a dit que la lettre est de mon cousin Kpêma l'agouti.

-D'accord. Je continue.

-Vas-y.

- Mon frère, les nouvelles ne sont pas du tout lénifiantes. Tu dois immédiatement te rendre au village de ta mère qui vient de rendre son dernier soupir. Vas vite avant le crépuscule sinon tu ne verras pas sa dépouille avant qu'elle ne soit mise en terre.

Un véritable coup de masure pour BoliKpakouè le bouc. L'unique enfant de sa mère, il était hors de question qu'il ne lui rende pas ses derniers hommages avant qu'elle ne rejoigne la terre, la matière dont son corps était fait.

BoliKpakouè le bouc abandonna donc les travaux, se rendit au village, prit son baluchon et se mit en route tout en larmes pour le village de sa mère, qui était à près de quatre dizaines de kilomètres.

Chemin faisant, arrivé dans une clairière, BoliKpakouè le bouc entendit à travers un bosquet une voix qui le héla.

-Halte monsieur ! Où allez-vous ?

-Ah, c'est toi mon frère ?

-Monsieur, on ne répond pas à une question par une autre question, surtout stupide. Depuis quand suis-je le fils de ton père ou de ta mère, pour être ton frère ? D'ailleurs trêve de bavardage, tes pièces.

-Ahi! Comment ça mes pièces ? A ce que je sache tu n'es pas policier pour me demander mes pièces ! D'ailleurs, depuis quand il a été institué qu'on devrait s'établir des pièces ?

-Encore des questions stupides. Mon cher, depuis maintenant et à peine je viens de l'instituer moi-même. Et si tu n'as pas de pièce...

Avant qu'il n'achève sa phrase, BoliKpakouè le bouc qui jouait un pari avec le temps le prit au mot. Dans sa démarche, il voulait attirer la

compassion de son interlocuteur qui le mettait ainsi en retard, sur la mauvaise nouvelle qui venait de frapper sa famille.
-Ecoute mon cher, je pars au village de ma mère qui vient de rendre son dernier soupir. Déclara BoliKpakouè le bouc entre deux sanglots.
-Il va donc y avoir deux cadavres alors ! Rétorqua son interlocuteur.
-Comment ça deux cadavres ?
-Ta mère est morte et toi tu vas mourir à l'instant parce que je vais te bouffer.
-Alors-là ! C'est qu'il va avoir trois cadavres et non deux. Parce que si seulement tu voyais ce qui se tient derrière toi en ce moment, prêt à t'assommer…

D'un mouvement prompt, le reflexe le guida à regarder en arrière pour voir cette chose prête à l'assommer comme l'insinuait BoliKpakouè le bouc. Ce dernier profita de la retournée de son interlocuteur pour prendre ses jambes à son cou.

La suite des échanges se transforma alors en une course poursuite entre les deux. Les oiseaux sur leurs branches arrêtaient de chanter, le couple d'antilope en galipette stoppait ses étreints, le vent qui agitait les feuillages des arbres mettait fin à ses manœuvres. Toute la faune et la flore s'immobilisait pour assister à la course entre BoliKpakouè le bouc et son assaillant.

Courant dans tous les sens, sans savoir où menait son passage, BoliKpakouè le bouc se retrouva soudain au portail d'un royaume en pleine jungle. Sans se faire prier, il s'y introduisit. L'assaillant qui ne comptait pas laisser s'échapper si facilement sa proie, le suivit sans rechigner.

Les deux sprinters se retrouvaient sans le savoir, dans la cour royale du lion qui lui, avait plutôt le souci de voir sa princesse recouvrer la guérison.

Malade en effet depuis plusieurs lunes, les mixtures de décoctions prescrites par le collège des guérisseurs n'avaient été efficaces qu'à ne pas la guérir. Anxieux, le Roi Djrwa le Lion attendait passivement que l'heure fatidique arrive pour emporter son unique rejeton.

-Oho…Vous deux, idiots que vous êtes ! Qu'est-ce que vous avez à courir bêtement dans ma cour, troublant ainsi ma quiétude déjà en mal ? Interrogeait le roi Djrwa le lion.
-Bon Roi Djrwa le Lion, tu sais de quelle espèce je suis issu. Figure-toi que depuis deux jours ma gibecière est vide. Par la grâce de mère nature, j'ai aperçu BoliKpakouè le bouc. Je me suis dit: enfin je pourrai reconstituer ma gibecière avec celui-ci. Malheureusement pour moi, ce lâche me fit une blague et profita de mon inattention pour prendre l'escampette. C'est ainsi que je me suis mis à sa suite pour qu'il n'échappe pas au sort qui lui est réservé.
-Je n'en ai rien à foutre. J'ai mieux que ça à faire. Et vous avez tous deux

ATHÓ MHÓ, les mérites du mensonge.

de la chance que la situation ne me permette pas de vous mettre à mort parce que ma fille est entre la vie et la mort.

- Qu'a-t-elle, vénéré Roi Djrwa le Lion? Demanda promptement BoliKpakouè le bouc.

-Je ne sais vraiment pas de quoi elle souffre. Mais, le collège des guérisseurs n'a rien pu faire pour sa guérison, répondit pitoyablement le roi Djrwa le lion, les yeux larmoyants.

-Tu as de la chance, grand Roi Djrwa le Lion ! Annonça candidement l'assaillant de BoliKpakouè le bouc.

-Ah bon ! fit le Roi Djrwa le Lion.

-Oui, tu es vraiment chanceux. Tu vois, BoliKpakouè le bouc que voici est descendant d'un ancêtre guérisseur. Dans leur famille, tout le monde a la magie de guérir. Qu'il s'agisse de maladies curables ou de celles qui sont incurables, ils en ont le secret grand roi.

-Vraiment ! S'étonna le Roi Djrwa le Lion.

-Bien sûr que oui, grand Roi Djrwa le Lion. Mais, il part comme ça aux obsèques de sa mère. Et pour ce faire, je te jure qu'il ne daignera pas, par pure méchanceté, apporter l'assistance qu'il faut à ta fille. Et il te dira qu'il n'a pas le remède prodigieux pour elle.

- Il n'osera pas. N'est-ce pas BoliKpakouè le bouc ? S'écria avec rage le Roi Djrwa le Lion.

-Si, vénéré roi. Il dit vrai. Je suis héritier des pouvoirs occultes de mon défunt grand-père. A ce titre, aucune maladie ne peut résister à mes plantes curatives. Permets-moi juste d'examiner la princesse afin de diagnostiquer son mal et voir le remède idoine.

C'est ainsi que le Roi Djrwa le Lion introduisit BoliKpakouè le bouc dans la chambre de sa fille. BoliKpakouè le bouc prit sa température, examina ensuite son pouls.

-Vénéré roi, ta fille souffre d'une maladie qu'on appelle *Matrantché*. Cette maladie est causée par la solitude. Son état est très grave, si nous ne faisons rien, elle va trépasser dans les minutes à venir. Mais, vous avez vraiment de la chance. Je suis arrivé à temps. Qu'on m'apporte un canari, je vais préparer le remède.

On alla aussitôt chercher un canari, tandis que BoliKpakouè le bouc assemblait les feuilles nécessaires pour sa « magie ».

-Vénéré Roi Djrwa le Lion, poursuivit BoliKpakouè le bouc. Le canari est prêt. Il faut le mettre au feu pour une cuisson rapide sur un foyer de feu de trois pieds. Vu l'urgence qu'il y a à guérir la princesse, il va falloir que le feu dans le foyer, sous le canari soit d'une très grande ampleur.

-Bien noté mon cher bienfaiteur BoliKpakouè le bouc, acquiesça le Roi Djrwa le Lion.

ATHÓ MHÓ, les mérites du mensonge.

-J'oubliais un détail important, vénéré roi. Il y a un souci. Le remède n'est efficace que lorsque le canari sur le feu, tient son équilibre sur la tête d'une hyène tachetée.
-Tu veux dire une hyène comme Gboklo Koffi ?
-Absolument, vénéré Roi Djrwa le Lion !
-Mais, il n'y a pas de souci à se faire, rassura le Roi Djrwa le Lion.
S'adressant au bourreau de BoliKpakouè le bouc, le roi lion ordonna: *« Oh toi Gboklo Koffi la Hyène, approche ta vilaine tête d'incompétent qui ne sert que de décor sur ton malheureux cou. On va l'utiliser pour maintenir l'équilibre du canari sur le foyer. Au moins pour une fois, elle va servir à quelque chose d'utile ».*
Le roi avait en effet, droit de vie et de mort sur tous ses sujets. Qui donc oserait discuter, encore moins contrarier sa royale décision ? En tout cas, ce n'est pas Gboklo Koffi la Hyène qui oserait cette imprudence.
Gboklo Koffi l'Hyène n'avait pas autre choix que d'obtempérer, même si elle savait que c'était une pure arnaque morale de BoliKpakouè le bouc.
Elle qui croyait pouvoir réussir à livrer au Roi Djrwa le Lion, BoliKpakouè le bouc qui n'avait aucune notion des plantes si ce n'étaient celles qui lui permette de bourrer sa panse. Par ce coup mal ficelé, Gboklo Koffi la Hyène venait là de se faire avoir dans sa propre turpitude.
Sous ces terribles flammes de feu dans le foyer, sa tête allait servir de soutien au canari. N'était-ce pas lui-même qui vantait tantôt les prouesses de guérisseur de BoliKpakouè le bouc ?
Tandis que BoliKpakouè le bouc était attablé avec le Roi Djrwa le Lion, dégustant des mets succulents concoctés des mains de maître des experts cuisiniers de la cour royale, Gboklo Koffi la Hyène s'asphyxiait de la fumée du foyer.
En plus, sur instruction du guérisseur de dimanche, on activait avec véhémence le feu sous le canari où était posée la tête de Gboklo Koffi la Hyène. Les flammes ne manquaient pas de rôtir ses joues.
Ne pouvant plus supporter les brûlures et la fumée qui lui picotait les yeux, Gboklo Koffi la Hyène retira brusquement sa tête sous le canari. Et comme il fallait s'y attendre, le canari se renversa du foyer, se brisa avec tout son contenu.
-Sacrilège ! S'écria BoliKpakouè le bouc.
Tout furieux, le Roi Djwra le Lion bondit de rage sur Gboklo Koffi la Hyène. Celle-ci parvint tant bien que mal à s'extirper des griffes du Roi Djrwa le Lion, non sans le renverser dans la lutte. Ridiculisé par cette chute, le roi était loin de faire grâce à Gboklo Koffi la Hyène. Elle non plus, n'était pas suffisamment idiote pour ignorer que la situation se compliquait davantage pour elle. Entre trois enjambées, Gboklo Koffi La Hyène escalada la haute clôture de la cour royale. Le Roi Djrwa le Lion tout forcené se mit à sa suite.

ATHÓ MHÓ, les mérites du mensonge.

BoliKpakouè le bouc venait de frapper un coup de maître. Lui-même savait que Gboklo Koffi la Hyène ne pouvait pas résister longtemps aux flammes et à la fumée. La finalité de sa prescription à utiliser une tête de hyène tachetée, c'était bien ça. Que l'idiote de Gboklo Koffi la Hyène retire sa tête sous le canari, que le canari se renverse et que le Roi Djrwa le Lion le prenne à partie. Pendant ce temps, lui BoliKpakouè le bouc irait tranquillement aux obsèques de sa défunte mère.

Depuis ce jour, et après l'enterrement de sa mère, BoliKpakouè le bouc n'est plus jamais retourné en brousse.

Yêlê mi n'dôswanou Atho: Tel est mon mensonge de ce soir.
Athomho: Excellent mensonge.

Moralités:
-La force de l'intelligence est meilleure que l'intelligence de la force.
-La force de l'intelligence est capable de terrasser l'intelligence de la force.

À PROPOS DE L'AUTEUR

Akina Djê KOUASSI est né à San Pedro (République de Côte d'Ivoire). Juriste de formation et journaliste de profession, Akina est le rédacteur en chef du magazine de culture Djasso.com. Auteur de Le clergé en procès, paru aux éditions Edilivre en 2019, Akina propose à ses lecteurs ce recueil de contes et légendes d'Afrique.

Made in the USA
Columbia, SC
25 February 2021